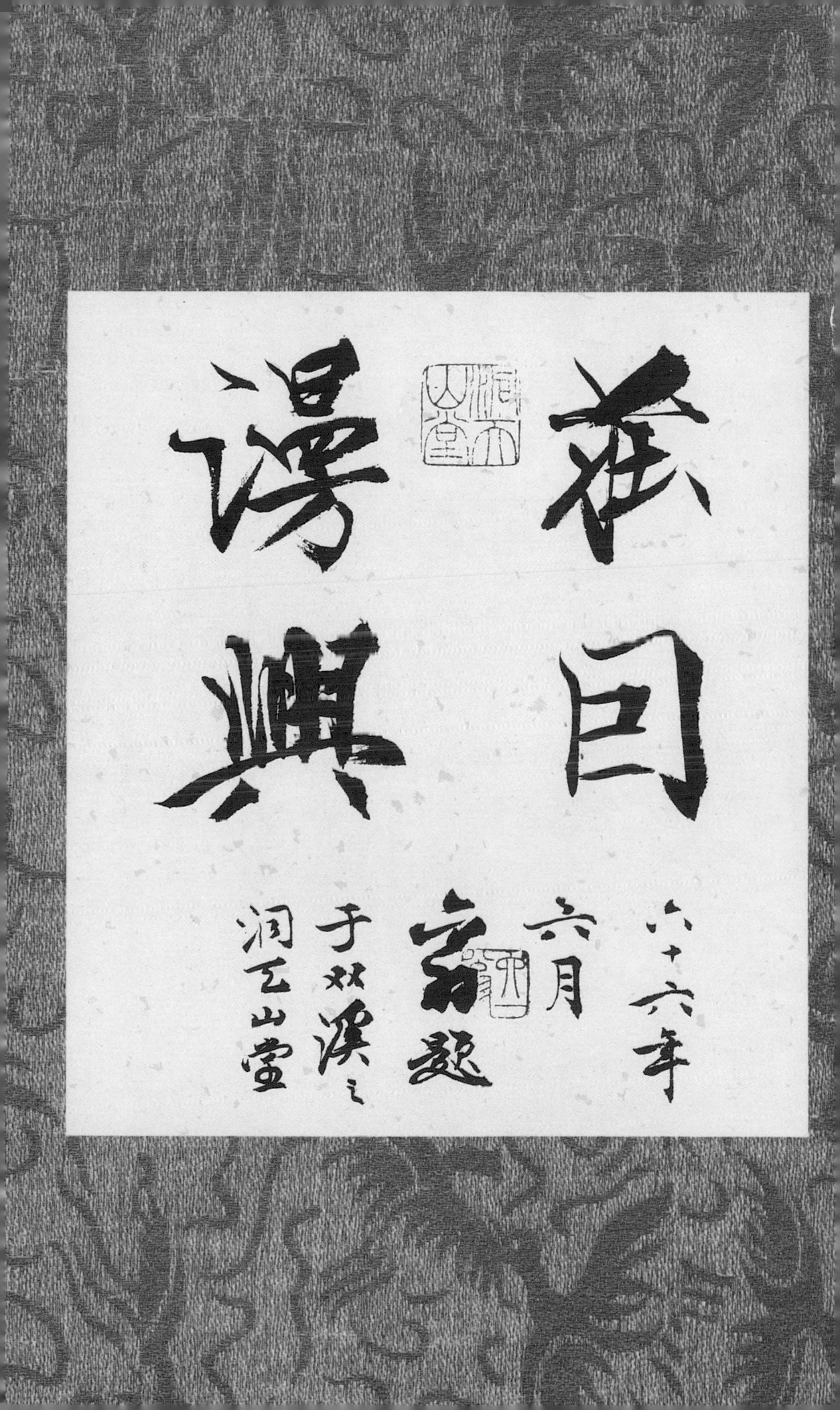
春日
漫興
六十六年
六月
翁題
于雙溪之
洞云山堂

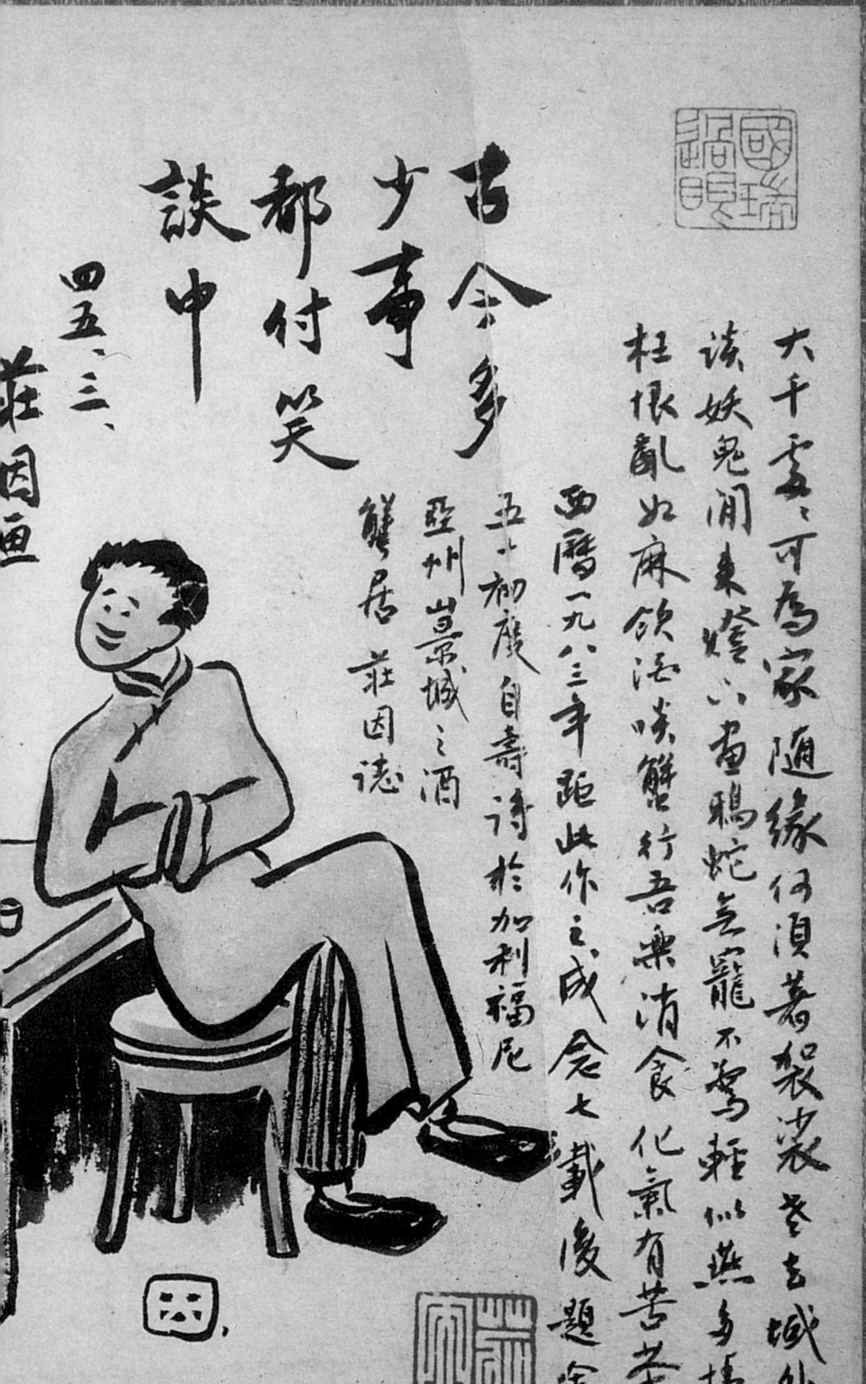
大千云云可為家隨緣何須著袈裟老去域外
談妖鬼閒來燈下畫鴉蛇無寵不驚輕似燕多情
枉恨亂如麻飲酒唯求行吾樂消食化氣有苦茶
西曆一九八三年距此作之成念七載後題宗
五十初度自壽詩於加利福尼
亞州舊京城之酒
鱗居 莊因誌
古今多少事
都付笑
談中
四五、三、
莊因畫

其志潔如月
其心亮如燈
其手有神筆
能繪畫圖中

莊圖之畫、踏步豐嬰、後生可模世、諺云言為心聲書為心畫、觀二爺之作可知其用心也、君羊倒以明、知二爺美人來者必可念及此畫中之電燈、二爺所以善畫此燈使其燭燭發光、益有深意存焉

四五年十月五日 李敖 跋於臺北

剪不斷
理還亂
是離愁
別是一般

在心頭
一九八五年初夏畫後主詞意
莊因

酒蟹居
知堂老人引閱微草
堂筆記云蟹受湯鑊
之苦比他物甚未嘗不觸
君子遠庖廚之心及閱
俞曲園茶香室叢鈔
引駢蕖道人薑露蓭雜
記云蟹生而母死爭食
其肉水族之梟也
則老饕之嗜可
援以自解矣況
蟹居士人曰橫行
不義之物食
無憚也
乙丑承因畫

仰天大笑出門去我輩豈是蓬蒿人
莊因

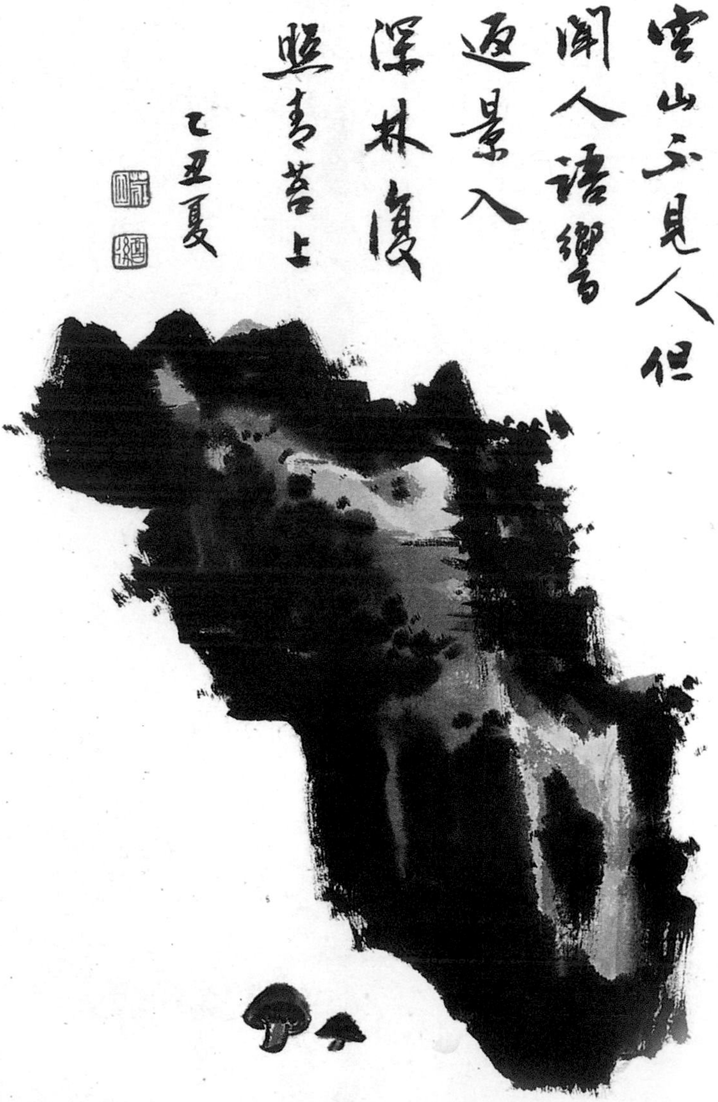
空山不見人但
聞人語響
返景入
深林復
照青苔上
乙丑夏

三民叢刊 217

莊因詩畫

莊因 著

三民書局印行

藝術親・手足情

去年八月我們莊家三代曾有一次聯合藝文展覽，慶祝家母八十壽辰。當然主力還是我們兄弟四個。父親過世已經五年，他的一筆字大概都單傳給老二了，治學傳了老大。不知怎的，我卻一直好畫，四弟卻拿起了攝影機，我們這後邊兩個成了異數。因為父親是個文人，不是文人畫家，照說遺傳是「基因」起的作用，不該是他周圍生活環境加入變化，即使算到母親這邊，從前她也止於填詞作詩，可也沒有畫過畫、照過像。所以只能把我們這後邊兩個的本事算在突變，或是由大範圍的相關遺傳作用所起。父親確是喜歡書畫，無論卷軸冊頁，甚至所有造型的東西，那怕是石頭墩子、核桃一粒、茶壺道具、乾樹枝、太師椅，凡是形狀奇特的，都在他收藏把玩之列。那麼山川風景在他一生中的地位，就更可想而知了。

二哥莊因一直住在美國西海岸的金山灣區。我住的安雅堡牛坡居則遠在兩千多里外的中西部。四弟莊靈在臺北，大哥莊申則客居香港快二十年。這樣四散著而又能在精神上連結在一塊，歸根究底，還是從小的十幾年由全家漂泊動蕩中而到中年又不時回想的那點溫馨所使然的吧！

回臺灣這半年，真使我懷念起我們兄弟在霧峰北溝村每天趕糖廠小火車上學的情景。時過境遷，臺灣的面貌把我們拉回到四十年後的今天，如果不是二哥要出這本集子，我完全不能意識這中間的距離有多麼遠——我們竟然都過了五十啦！

生活在海外的中國人，常被稱為邊緣人。所謂邊緣，是指的心理上的距離，或者與「認同」這兩個字密切有關。我想無論如何它是屬於精神上的，不牽涉到物質面。這裡當然有文化上思辨的層次，譬如少不了批判與比較。同樣是文明人，這時代的知識分子，我想在臺灣的中國人與在海外的中國人，也同樣在遭受「變動」的待遇；過去的中國捨我們而去，讓人又是興奮，又是懷念，很是矛盾。在海外的中國人再多加上了一個時空，感受遂格外強烈。

正因為如此，照二哥的說法，他是以今世文人自許的，但他卻不以為是「典型」的文人，他說：「典型的文人的形象是落拓、任性、狂傲，有時還有幾分酸腐。……」這一點我完全贊同。他說的文人，應該就是我們這一代有良心的知識分子，只不過他自己多帶了三枝筆罷了。

筆能傷人，也能慰人，兩相衡量，二哥的筆當屬後者。最近他投在《聯合報・副刊》上的幾首小詩，都能道出真情，不造作、不無病呻吟，適可而止的收斂，也能使我感動。一九八三年他從大陸旅行歸來寫的一本《八千里路雲和月》，我替他分贈了不少冊給朋友們，也都獲得正面讚可。字裡行間，處處充滿濃郁的同胞愛，其回響是肯定的。

前頭提到二哥獨得父親書法單傳，除卻他的「文人」氣質高過我其餘哥兒三個，也想不出有什麼其他理由。如果硬要追索根源，當然又得從父親說起。父親的字早年受沈

尹默先生的影響，沈學宗出晉人王羲之，記得父親的收藏中就有好幾幅尹默先生的，他每取出觀賞意會。他自己雖然早年寫褚遂良、趙孟頫，晚年歸於碑體，中間一段寫宋徽宗的瘦金，可是我們知道，他始終對他老師沈尹默先生極為敬佩。離他去世前不久，還想盡辦法從香港求來沈先生晚年的作品。二哥呢？他自己說是信筆塗鴉，沒有受過嚴格的訓練，且中年之後醉心行草，不耐工筆楷書，這也不免過於謙虛。他替父親擬寫的墓誌銘，從作文到正楷書寫，至今刻在墓園的一塊黑觀音石上，可為明證。至於他說中年以後才好行草，我想正是經過了長年累月的觀察體會，悟到書藝真諦才有的現象。宗白華有一篇文章，談晉人的美，他認為在中國書法史上，晉人的書法作品是光輝燦爛的，光是一本〈蘭亭序〉就夠不朽的了。照宗白華的意見，晉人首重人格美，他說：「晉人風神瀟灑，不滯於物」，「最適宜表現他自己的藝術，就是書法中的行草。」真正是一語中的了。為什麼呢？他進一步說：「行草藝術純是一片神機，無法而有法，全在下筆時點畫自如，一點一拂皆有情趣。」

所謂「神機」、「情趣」，不就是悟與無羈才能達到的嗎？換而言之，寫字就是這靈性的最高表現，只要自認有才，就不懼無成了。莊因行到中年，以酒蟹居主人自命，他在灣區的那幢精緻小房子，常是座無虛席的。迎親送友，加上二嫂的一手好烹飪，使他們真正享到遠近馳名的美譽！

說實在，二哥確也具有晉人氣質，這就是他寫出一手好字而不需笨拙刻板的磨衣袖功夫吧！

談到他的畫藝，我倒想放言說幾句。豐子愷的漫畫誠然是文人本色，終是小品；雖是販夫走卒、引車賣漿者流也能領會，卻獨與他自己所寫的高超畫論《中國美術之優勝》相去稍遠。我自己在大學時代就佩服這本書，覺得豐子愷的高識遠見，應該是所有我們這些學藝術的後進，應該一讀再讀的。去年八月的家庭藝展中，莊因也有數幅水墨小品，用跡近象徵的抽象形式，提上了行文小詩，很有創意。近年來臺灣的年輕水墨畫家中，也有不少位是朝這條新文人畫的路上去試探的。我想莊因也許可以在對人物的觀察上下些功夫，把漫畫的筆法提昇到較為靈動的線條表現，譬如參照他自己的行書用筆，有了抑揚頓挫的變化，大概就是條寬遠的路了。中國歷代的人物畫，一觸到現代人的造型與實際生活面，就吃了鼈。早年徐悲鴻力引西方的解剖學到毛筆表現範圍內，卻因求得外象的寫實而犧牲了中國傳統人物畫中最寶貴有價值的個人線條表現，真是愚不可及。從陳老蓮到任伯年，中國人物畫的真髓，被忘了這麼久，我覺得現在應該是有識者把徐悲鴻的後遺症一腳踢開的時候了！

莊因固然不是科班習畫，也非專業畫家，但是他能體會到人物畫對這個時代刻畫的真實性。藝術貴在真正能從現實中超昇，能做到多少，大概是有志朝向這方面表現的集

體責任。

走筆到此，剛好是從印度、尼泊爾旅行回來，這十幾天的印象極深。印度這個文化古國歷來受盡外族侵略與帝國主義的統治，那些雄偉的寺院，華麗精雕的石像下，處處可見到蜷伏著飽受疾苦窮困摧殘的生靈。兩相比較，在臺灣的國人何其幸福，但是我們卻不應忘記大陸與印度是相去未遠的，我們億萬的同胞其實也好不了多少。若從這個角度來看，莊因的這本詩畫就不僅是自娛自遣而已。我希望他能休息一陣，再由第四枝筆出發，寫畫出未來中國和諧幸福的另一冊來。

一九八六・三月　印度・尼泊爾之旅歸來

第三枝筆——代序

一

古代的讀書人，一大半以上是所謂「文人」。有些更才兼書（書藝、文章）畫。詩詞文章、丹青潑墨，所用工具都無非一枝毛筆。不過，這樣的說法，對今人而言，就有未妥之處了。現代的讀書人，學有專精，各行各業，固不一定可以同時享有「文人」的雅稱；即使能夠身兼「文人」的，也不一定是才兼書畫了。此外，工具的殊異，也使得書家、畫家和作家各領風騷，不宜用一句含糊的「舞文弄墨」來形容。

我自己呢，身為今人，更巧的，也算得上是個既寫文章，又習書藝，更兼繪事的典型「文人」。我喜歡寫，常寫；我喜愛書藝，但不那麼「常」；我也喜歡畫，卻止於偶一為之，屬於「遣興」的那種。雖不能說是才兼三者，卻比古代文人強，因為我握有兩枝不同的筆，用鋼筆寫文章，用毛筆寫字作畫。可惜都不精，倒是名副其實的「舞文弄墨」了。

其實，嚴格說來，我仍不宜以「典型」文人自命。典型文人的形象是落拓、任性、狂傲，有時還有幾分酸腐，而且不一定有固定工作職業。我是有固定工作職業的，我在大學教書。杏壇也須用筆，是粉筆。這樣說來，寫文章是副業，而寫字和作畫則是副業的副業。我擁有三枝筆了，依序是：粉筆、鋼筆、毛筆。

在這本書裡陳展的，與第一枝筆全然無關，因為不是嚴肅的學術文章，也非甚麼教學研究心得。至於第二枝筆，雖說不無關係，但究竟寫的不是文章，不過是「拾舊詩之餘唾，效新詩之美顰」，是一些不三不四、勉強稱得上「打油」，實際上列為「歌謠」那樣的東西罷了。簡單地說，髣髴票友登臺，完全是給第三枝筆露臉。

說起這一枝筆，與我真是有著大半輩子的不解之緣，似乎應自抗戰話說從頭了。

二

七七抗戰那年，我不足四歲。逃難後方，自北平輾轉到了貴州，算是粗定下來，我已經六歲了。入學之後，學習所用工具之一的筆，就是毛筆——大小楷各一枝，戴著銅筆帽，每天跟墨盒一塊兒躺在書包裡。那時候雖說也有鉛筆和鋼筆，但是在偏僻的高原上，是不易見的；而且奇貴，也用不起。再說，當時物質條件太差，一般用紙粗糙不堪，且糟軟易損，硬筆一寫就破，鉛筆和鋼筆就是有了也無用武之地。就這樣，雖然每天為筆墨弄得狼狽已極，每日廝磨，卻也日久生情，完全不像今天的學生，以毛筆為苦為患。那時候，自己寫的字雖然不成樣子，我卻注意到父親可以用毛筆寫得一手漂亮的小字，他寫日記、作劄記、在書冊上加眉批、批改學生作文，甚至記帳，字跡都那麼秀逸多姿，就益發增加了我對毛筆的敬佩，也從此種下我喜愛它的基因。

但是，真正讓我領略到毛筆的神韻和妙處，還是抗戰末期住在四川巴縣鄉下的時候。

民國三十三年冬天，故宮存放黔中古物移運入川，一直到三十五年再遷重慶待命還都，我們都住在一個世外桃源叫做「石油溝」的山窩子裡。青山環抱，一水長流，除了隔溪的幾戶民家外，剩下的就是山光月色、茂林修竹和鳥語風聲了。由於沒有學校可上，在家除了嬉戲、打架、爬山、下河和自己看書以外，藉古物抽查曬晾之便，就跟著似懂非懂地瀏覽歷代文物菁華。瀏覽之不足，父親給了我們兄弟以較好的紙和筆，於是就粗枝大葉的畫將起來。那時，故宮兩位職員劉峨士先生和黃居祥先生都善畫，劉先生是北平藝專畢業，擅長國畫，且很有才氣；黃先生是畫民俗畫的，用色鮮活，屬於寫實的人物畫，各業生活百態都躍然紙上。我從旁觀看他們作畫，對於握筆、運筆、收放疾徐、濃淡皴染以及構圖布局，都有了一點基本概念。父親也給了我們一本《芥子園畫譜》，便時而臨摹一下。

那樣諧和安靜可喜的環境，對於一個在發育中十一、二歲的孩子來說，產生了以後個性上相當重大的影響。越接近自然，我就越對人世凡是破壞和諧寧靜氣氛，或與自然不調的事物和現象，不能忍受，甚至於憎惡。這當然還可以回溯到貴州那五年更早的歲月中，和留在安順縣城南十里外華嚴洞鄉野的無數足跡。六年的大自然洗禮，特別是最後這一年，沒有驚恐、沒有悲哀、沒有痛苦、沒有殘酷、沒有逃避也沒有雜念和遺憾的真正單純生活，對我童稚的心靈發生了拭鑑作用。我在戰火中長大，也就因此深惡痛絕人間最醜陋的破壞和諧寧靜氣氛及自然的東西——戰亂。但是，說起來真是怪有嘲諷意味的，我與第三枝筆的緣，竟是因戰亂而結。也由於戰亂，我的童年接觸了自然，那樣的環境使我喜愛文學藝術，喜愛庭園花草木石，喜愛熱鬧懽聚、飲酒啖蟹和敷說人生諧樂的正面生活，這些都在我的文章中、漫畫中以及書藝的內容中表現出來。總之，對於我的第三枝筆下創造的世界，似乎應該說是拜戰亂之賜的。

從一九四六年春天在重慶恢復入學，到一九四八年冬天由南京移遷臺灣的這短短三年，我並未真正享受到抗戰勝利後應得的平和，髣髴身在大地震後持續的餘震中，精神緊張茫然，不知舉措。用第三枝筆所剛剛開始勾繪尚未完成的一幅美麗世界草圖，也就止筆停畫了。

到臺灣後不足兩年，家裡就在臺中縣霧峰鄉的山麓下定居下來。每天接觸的是山光月色、鳥語花香、流水斜陽。離亂之後，又重返久已失去的恬靜自然，我的心也恢復了諧和的狀態。從高中到大學到研究所到出國，十四年的金色年月，我順利地完成了學校教育，完全成長。這個階段的重要大事，是我選擇了文學與藝術，做為安身立命的精神生活終身伴侶，這也可以算是另一種齊人之福罷。

長期鄉下平易淡泊的生活，使我心靈得到極度的開放，而文學與藝術正是打開心扉的兩隻巨手。那時候，故宮存放在山洞和庫房裡的文物，又像在四川巴縣時一樣，需要

經常的抽查及曬晾了。於是，我又得到重溫寶藏的良機。不過，這次跟以往在感覺上有極大的不同。知識的拓殖、經驗的積累，我已不再是劉姥姥初入大觀園中的心情。我從那些偉大的藝術傳統，特別是書畫中吸取神髓，要尋找出自己在現世如何自處的生活指導原則。古畫上標榜的退隱山林、烹茶、煮酒、撫琴、清談、獨坐作閒雲野鶴的圖景，絲毫不能激起我的同情和羨慕，我覺得那樣的時代早就過去、死去了。消極的獨善其身，並不足取。那時雖感覺自己的生活受到大環境無情的牽制，但並不氣餒退守，要採取避而遠之的態度。環境再壞，世相再醜，都得鼓勇面對。我不退守，但是我領悟了在現實中慎獨的真諦。因此，在故宮古畫中，我喜歡李唐、范寬、巨然、馬遠那樣有大氣魄的純粹山水；〈貨郎圖〉、〈潑墨仙人〉、〈秋庭嬰戲〉，那些寫真和豪放流露性情的人物畫；對於工筆仕女院畫匠氣十足的畫作很不欣賞。在書藝方面，我喜歡行書和草書，瀟灑豪放，最見性情，最是自然，也看似不羈卻自有律則。而父親這時臨池揮毫的熱情更熾了，琢磨領會，他的書藝有了精進。我不但愛看他寫字，更充任他的書僮。研墨、裁紙、清洗筆硯等工作都由我來。經常觀摹，我對書藝變得認真也醉心起來，那一枝毛筆，就跟大交響樂團指揮手中的指揮棒，是任何一個醉心音樂要詮釋音樂，立意要做一名指揮者的人所嚮往的一樣，我對它有一種幾近著魔似的戀狂。我等不及要用那枝筆來寫、來畫，發洩我的情感了。

三

筆是握在我手中了，畫甚麼呢？寫甚麼呢？

先說畫吧。我初始的苦惱，是在山水和人物繪畫之間無從取捨。故宮的古畫只給與我一種氣質，傳統文人畫重疊式的山水布局和表現的意境，則是我不能也不願接受的。我覺得跟我所見的實際環境不相符。「山路松聲」的實景也許有，但是到那裡去找衣帶飄逸的策杖高士呢？野老樵夫難道就感覺不到山路松聲嗎？「臨流獨坐」的實景也有，但是，石上獨坐的人，為甚麼不能是穿了洋服、繫了皮帶、穿了皮鞋的現代人呢？誰還「秋江漁隱」呢？我對國畫感到困惑了。在另一方面，學校的美術課只畫水果花瓶、書冊人形；即使室外寫生，遠近濃淡層次都跟實景相符，卻缺少內涵氣質。我們從不畫人物，也不學素描。我要畫人物，但不是古畫上戴冠、寬衣大袖、美髯垂胸的假人物。我要畫的是我生活環境中熟悉的人物，有血肉的生動的真人物！

正在此時，無意中發現了父親舊藏的幾本豐子愷漫畫，一經翻閱，喜不自勝。我的苦惱竟完全消失。

子愷畫風景，用的工具是傳統的毛筆，構圖及技法完全是傳統式的，甚至於意境都是傳統的。但是，他的表現及精神則是現代的。他的畫不是憑空臆想的，是取自現實的。

子愷畫人物，用的工具也仍然是傳統的毛筆，線條也是傳統的；但是，他的表現和精神面貌則是現代的。他筆下的人物穿長袍馬褂，不是曳地寬袖大袍了；士、農、兵、學、商都是現代應有穿著；小腳出現了，大腳也出現了；戴眼鏡、抽烟、看報、坐茶館、坐人力車、汽車……，應有盡有。俗語說，這是意外的收穫，對我，真是如獲至寶。於是，我就開始勤奮地臨摹起來。

豐子愷的漫畫，還帶給我另外一項始料未及的大發現和影響。他以閒適遊戲之筆勾繪世間眾生諸相，自然而充滿人情味。他的畫，對世間生命萬物有一種寬厚博大的關注與愛心，予我以高尚溫暖的氣質。他筆下捕捉的事物現象，具有令人會心的幽默與趣味。質言之，他的畫瀰漫著「情」與「趣」。拿豐氏的畫和傳統國畫比較，最大的顯著不同，在於前者是突出的，後者是平面的；前者是真實的，後者是虛偽的；前者是生動的，後者是死寂的；前者是積極的，後者是消極的。至此，我就私淑子愷為我的圖畫啟蒙老師，全力仿傚他了。

我最早的漫畫作品，是給學校出的壁報所繪的插圖和漫畫。後來投給《中央日報》的〈兒童周刊〉，竟被採用。於是膽子漸大，開始向該報副刊、《婦女與家庭》周刊，以及《新生報‧副刊》投稿，也都被採用。不過，我卻淺嘗即止，因為到了高三，要全心準備升學，就把作畫的事完全置諸腦後了。雖如此，我對作畫的興趣則是分毫未減。一九五三年高中畢業，我報考乙組。四個可以投考的學校之一的師範學院，我選擇的第一志願就是藝術系。雖也考中，在考慮之後，卻捨棄而就臺大。主要原因倒不是為了臺大的校譽，而是我自知雖然對繪畫饒有興趣，卻沒有十分的藝術才情。而三弟莊喆早就展露出他秉賦的卓越藝術才情來，在家、在學校、在師長眼中，他已是一致公認的未來藝術家。最給我壓力的是，三弟早就表示出要投考藝術系，而他自己和別人（包括我）對他的才賦都有百分之百的信心。

於是，我用第三枝筆給自己勾繪的一張未來的彩圖，就被我同時握了第二枝筆的手所撕毀。

至於書藝方面呢，我的苦惱不若畫的方面大。

在學校裡，規定的習字範本是顏魯公的〈麻姑仙壇記〉和柳公權的〈玄祕塔〉。兩者我全不愛。顏字給我一種過於木訥方正，也像道貌岸然的大人先生慣於端架子的感受，覺得不自然。柳字則支離矯情，予人虛偽之感。因此，我兩個都不寫。父親習字啟蒙於褚（遂良），後來醉心趙孟頫和宋徽宗的瘦金，這三體我都喜歡，都覺得遠比顏、柳勝過許多。當時我卻不敢對父親直言，請他稍予指點，因為怕他責我好高騖遠。我只是暗中注意他寫字時下筆、行筆和收放的韻律。

有一次，父親習字後進內屋小睡，我就用硯中餘墨，臨寫了一頁趙孟頫的〈湖州妙

嚴寺記〉。後來他見了，告訴我初學切不可習趙，因為趙字外柔媚而內有硬骨，學不好就變成軟麵條了。他建議我寫褚，練習了一陣，也不十分專心領會，加以褚字太過纖秀，跟我個性並不十分切合。這樣一來，終於棄習，索性不專注某一家，信手而為，姑且自名之為「雜家」吧。

事情演變至此，父親也只微笑。他對我說了這樣的話：「才氣有，功力不足。寫來不俗，若多讀帖，可以補短。」可是，我仍是不專注一家，有一陣子迷上文徵明，有一陣子又愛上孫過庭，王、米、蘇、趙的帖也時常翻看。興致來的時候就寫寫，都無定時，就這麼積非成是地塗鴉下來。不過，有一點得說，我越來越喜好行書、草書，越來越不慣一筆一畫的楷體，年歲日增，真是越老越風流了。

總而言之，我寫字作畫，全未受過嚴格正規訓練，既未拜過師，也未有名家指點，自己摸索神會，可算是無師自通一類的。這第三枝筆，聊備案上，乘興揮灑，不過滿足一己些微嗜好，要說是業餘的副產品，反倒言重了。

四

這本書裡的作品，分類成〈臺灣采風〉及〈域外采風〉兩輯。都是過去八年中用第三枝筆偶然塗抹留下的痕跡。八年的時間才有這麼一點點粗糙如漫畫的東西，足以證明當年未選擇藝術系的絕對正確性。雖是這樣，它們先能公諸於世，如今又結集出版，單憑一點匹夫之勇還是不行的，若不是友人的鼓勵與錯愛，恐怕也只能供自家消遣而已。那麼，有些話就應該在這裡交代一下了。

一九七七年秋天，首次從外面回到闊別了十三年的臺灣，無比興奮之餘，也難免感慨無限。在臺中縣鄉下的家早就遷到了臺北，而臺北的改變則使我驚駭。市容、風氣，已是煥然一新。人事的改變尤其具有強勢的撼心力量，師長大多退休，甚至數位物故；當年同窗舊交，有的騰達、有的退隱、有的玩世，更多的是遠走高飛，散棲天涯。等到驚心既定，發現在大變之後，街頭巷尾、市井人家，甚至臺北人眉目脣吻之間，仍保留了一些恆久不易的生活現象，最能代表中國人處變不驚、與世無爭的知命哲學。我看到這一切，竟是那麼熟悉，那麼溫切動人，一下子我又找到了恆定的力量，覺得十幾年的時間，不過是朝夕一日，外觀現象的改易，又算得甚麼！這時，初識當時身任《聯合報》副總編輯的唐達聰兄，和他交談時，無意將心中感想吐露，他就建議我何不重拾那枝久棄的毛筆，亦詩亦畫，在該報〈萬象〉版上不定期刊出？感他語切意誠，就一口答應了下來。

其實，達聰出面邀稿，背後還有另一位友人，與此事關鍵極大，不能不提。聯經出版公司總經理劉國瑞兄，曾在臺北牯嶺街的舊書鋪見到一張我在大學時期仿子愷筆意的

漫畫，遂以臺幣五元購得。那張畫是民國四十五年隨手畫給臺大同學李敖的。人事滄桑，不意竟流落牯嶺街頭了。國瑞兄知我返臺，便決意將故紙相贈，取完璧歸趙之意。而達聰曾過眼此圖，更增加了他向我約稿的決心和藉口。九月自臺返美，就將在臺心眼所見材料稍加耙梳，亦詩亦畫，題名「臺灣竹枝詞」，於十月底在《聯合報・萬象》版刊出。用「竹枝詞」為題，是取其內容俚俗，老嫗能解。在用韻方面，概採今韻。既是漫畫，以舊詩古韻為配是頗不相宜的。

「臺灣竹枝詞」斷斷續續刊出，到了次年九月，尚不足一年就停筆了。原因是人在江湖，不能閉門造車。一年之中畫了多少，自己沒有統計；至於刊出多少，由於沒有《聯合報》國內版，無從收存，也不知道。本書中〈臺灣采風〉所輯部分作品，還是根據當年妻的小妹祖葳好心寄來的剪報挑選之後，再依自存部分原作副本重畫的。由於原作散失，自存副本保存不善，顏色褪失不便製版，只好重畫。未能保存原貌，未免美中不足。

〈臺灣采風〉一輯，除了一部分原來「臺灣竹枝詞」的畫作外，還包括自一九八四年十一月到一九八五年五月，這半年中在臺北《中國時報・人間副刊》發表的「采風錄」漫畫。這一批作品，是金恆煒兄接編〈人間〉後向我索稿的產品。畫這些畫跟當年畫「臺灣竹枝詞」不同，我雖也人在江湖，但畫的卻非親身所見，而是採臺灣報紙上的新聞有感而作，主題在「諷世刺俗」。這樣的「遙控」，對於臺灣社會一些可憂現象，究竟發生何等作用，我毫無把握，終覺心勞日拙，於是見好即收。

〈域外采風〉一輯，則因近年來我有一個看法，覺得美國的華人社會，由於來自臺灣、香港、東南亞，甚至中國大陸的華裔新移民不斷增加，早就改變了舊華埠原有的精神面貌，而展現了海外現代中國人的新風貌及心態。這在整個中華歷史文化的延續上，已經發生很大的影響。換句話說，由於中國本土政治上的原因，新的中國文化不但正在日漸形成凝固，也由於新的華裔移民的參與，同時在海外播撒了種子。拿美國華埠來說，局面相當擴大，也極為繁複，早不是當年老華僑的社會型態了。這在中華文化歷史的橫拓上，是有積極作用而不可忽視的。如果我能捕捉一些現象，用這第三枝筆描繪下來，也可以算是部分史料或一種見證吧。本輯便是這兩年應金恆煒兄和金仲達學姊的邀稿，把在海外中文報刊上的作品整理後輯成的。本輯後一半畫作的某些題材，對臺灣讀者可能因生疏而引起困惑，在此略作說明。

自從美國與中共建交以後，來自中國大陸的學人、政經官員、各業代表、留學生，甚至移民，日益增多，美國華人社會的生活層面也因之加添了若干新貌。我的一些畫作就跟圍繞著這些新人物的主題有關。

「金陵一別三十春」一圖，畫的是兩位喪亂餘生的老友在異國重逢。一個自大陸去臺，退休後來美依親度其晚年，另一個則歷經大難浩劫，終獲平反後隨團來美考察訪問。

年逾花甲，燈下把酒，不堪回首話當年。而「明日隔山岳，世事兩茫茫」，有一種無限蒼涼、欲語還休的惆悵哀傷。這種感覺，恐怕不是在臺灣土生土長，甚至童稚時去臺，現在四十歲以下的人所能掌握的。

「昨夜夢中淚沾襟」一圖，畫的是當年愚騃天真，受到毛澤東蠱惑，大搞「造反有理」的「紅衛兵」，在大亂平息十年之後，來美依親，完成了學業，補回自己黃金時代在動亂歲月中被剝奪的教育，「新生」以後，回憶前塵，如噩夢乍醒的不寒而慄、悲喜交集的心情。

「國籍縱有異」一圖，是前些年美國華埠可以常見的景象。大陸因公來美的各種團體成員，每個人都在身上斜背著一隻大的塑膠旅行袋，其實裡面經常是空空如也。我曾經問過自大陸來我校訪問的學人何以會有如此現象，他們說這是因為當年物資不足，供應「緊張」（大陸新詞，意謂「短缺」），到處都大排長龍，有人見隊就排，也不知前面賣的甚麼，唯恐張望舉棋不定之間，甚麼都買不上。因此之故，身上背了包，隨時機動排隊，可買就買。奉派來美，當然如同進了花花世界，看見甚麼都好，理應大肆購買，可是他們實在沒有購買力。通常公出的，為了節省外匯，每人只發給十元至十五元出差費，食宿由各地領館及接待單位負責。他們背著空包瀏覽店前的情景，雖然環境與當年不同，但阮囊羞澀，終是「別是一般滋味在心頭」的罷！而畫中對街的青年，來自臺灣，生活富足自由，聽得懂街那邊同胞的語言，但基於長久地緣分隔導生的疏離陌生感，也只表示出充耳不聞罷了。

「赤腳醫生不穿鞋」一圖，描述當年大陸上物質條件落後，貧困鄉下山區幾近原始的公社「赤腳醫生」，來美依親之後穿鞋學步的情景，也是令人笑中帶淚，感慨系之。

「昨夜飛霜未成眠」一圖，是畫前此三年自越南陷共後大逃亡的舟民，獲救來美，部分華裔越人的難民身無長物，試圖在「龍的傳人」的華埠討生活，受到排擠的悽慘景象。在街邊無照就地市易是違法的，而我就買了兩條不合法的魚。

「聚散匆匆不偶然」一圖，描寫自大陸至臺灣再輾轉來美定居的兒子，把闊別多年、年逾七十的老母從大陸老家接出來奉養。老母的生活、習慣與對人對事各方面許多觀念，都不能跟美國社會和自己的兒孫親人溝通，「依親」反倒成了髣髴來至舉目「無親」的地方；終於拋捨親人與高度物質生活，回歸老家的實情。這種類似故事，在美國所謂的「新華裔」社會中是相當普遍的。戰亂造成「生離」，亂後骨肉幸能重圓了，卻把「死別」提早，化為二度「生離」。人生慘痛，也就盡在唏噓淚光中讓它深埋心底吧！

新版自序

這本詩畫集，原由「純文學」出版社在民國七十五年五月首次在臺北印刷出版。該社本是我的岳母林海音先生的工作副業。我說「工作副業」，是因為她一直以寫作為「工作」，而從事經營出版社，並不似一般純商業性的經營管理，性趣與理想仍是主導。前數年，岳母壽年日增，健康似也有變，漸感力不從心，便決心將純文學出版社關閉了。

出版社既經停業，原經由她出版的書，有的由作者自行收回版權，有的則由臺灣某些出版社取得，而我在該社所出版的兩本書（《八千里路雲和月》和《莊因詩畫》）都由現時臺灣出版界的龍頭「三民書局」重新排版。該書局的主持人劉振強先生對我厚愛有加，情願精印刊行這兩本「純」文學性而又「純」不賺錢的書，其犧牲的精神，是令我十分欽敬感佩的。

這本詩畫集，自首度問世至今，已經十四年。其間，時序從二十世紀移入了千禧之年的新世紀，而岳母大人也由當年的奕奕煥發忽就衰老多病了。這些改變，頗與我此書中的詩畫有許多共同相應處。不說別的，我自己也已大學退休，登入花甲之境了。

但是，有一些現象卻是長年不變的。時、空都不構成改變的因素。這大約就是藝術的魅力罷。我的作品，固不能稱說「佳釀」，不過，「新瓶舊酒」還可以說。貪杯善飲的人，雖則未能足意於釀方，或許仍可感覺到若干醪意的。

莊因詩畫

目次

第一輯
臺灣采風

莫道人已老
世態早看飽
平生無憾事
祇恨讀書少

一銀行
C.Y.

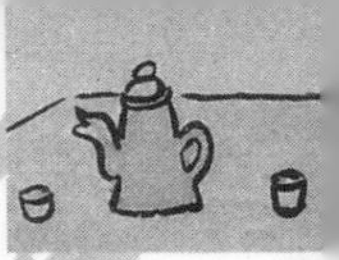

誰云屋小似覆巢
坐待地價節節高
寒門從此不蹇澀
丈夫得意在今朝

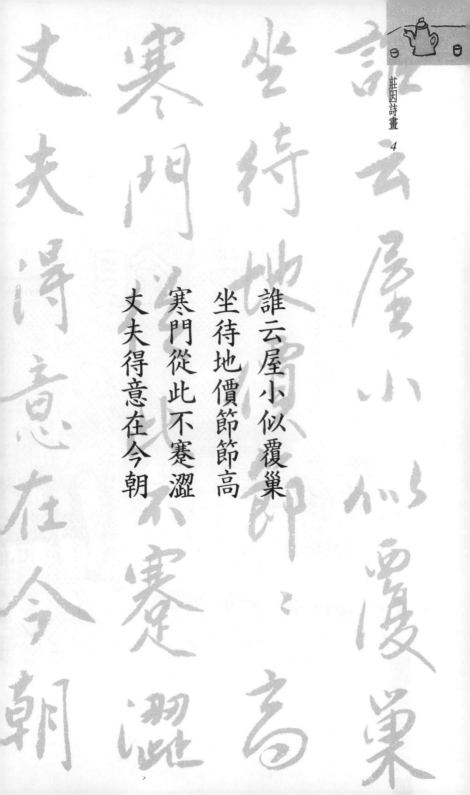

小本生意不奢貪
充耳不聞車馬喧
地偏心遠人自清
鬧中取靜勝學禪

健身

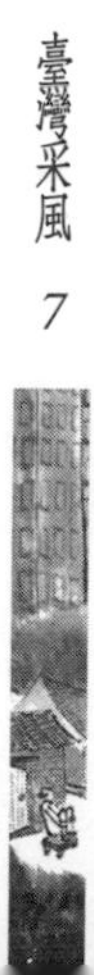

樹下對弈默無言
偷得永晝片時閒
棋前談兵真容易
人生作戰在明天

78

昔日臺北好風光
街頭巷尾穿梭忙
汽車恭候讓三分
鐵馬目送閃一旁
行人疾走膽魂喪
呼嘯飛馳去揚長
好風光　去揚長
橫行霸道曾幾時
雨打風吹棄野荒

痔
C.Y.

三月陽明氣象新
滿山花木早迎春
塞途汽車如流水
急煞絡繹看花人

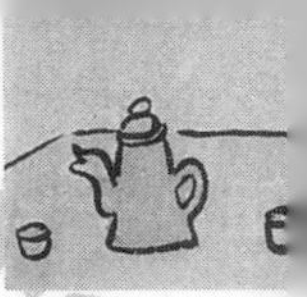

香蘭出谷媚山陰
芙蓉含羞照水濱
花開花謝旬日好
朱顏不改賣花人

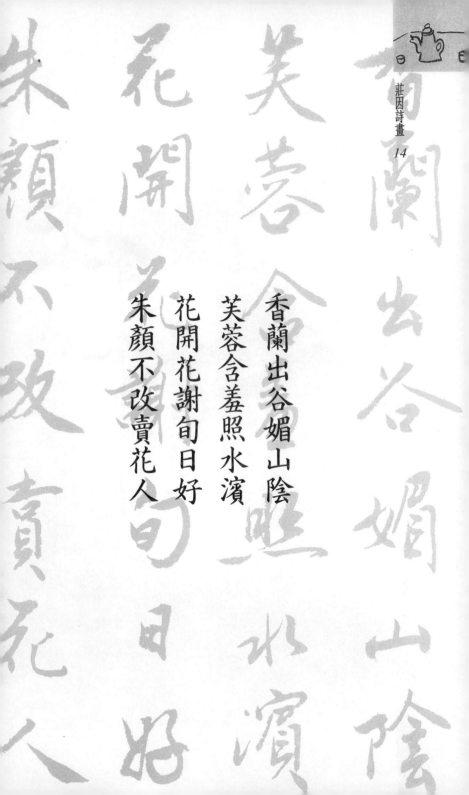

榮豐花店

巨厦拔地媚雲青
歌舞樓榭樂太平
任它霓虹映長夜
我自臥看織女星

滿眼風光ABC
疑是此身在美西
過盡千衫皆如是
湯姆瑪莉耳邊啼

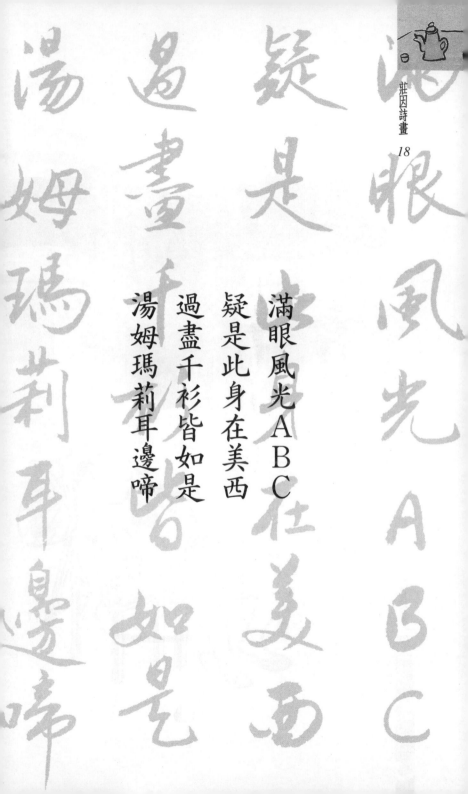

U.S
N.Y
YANKEE
GIAN
C.Y.77

一夜豪雨如盆傾
濁水滔滔漫窗櫺
可憐低處成澤國
浮家泛宅到天明

鳳凰花開紅似火
相思葉瘦若眉弓
郎在坡前勤耕作
妹隔山後望春風

人生不滿百
步步皆艱難
升學路漫漫
一冊一華年

幼稚園
小學
國中
高中
大學
留

樹木需十載
樹人待百年
幼苗不可摧
任重道且遠

升學
C.Y.77

挑燈夜讀神恍惚
昨晚睡眠不得足
家人鼻息若雷雨
伏案正是三更初

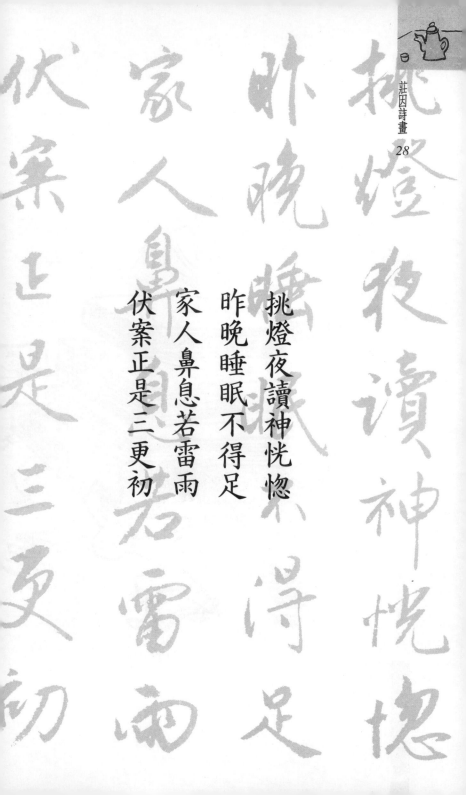

C.Y.77

一科不及格
沒吃沒得喝
二子且記取
莫學大哥哥

C.Y.77

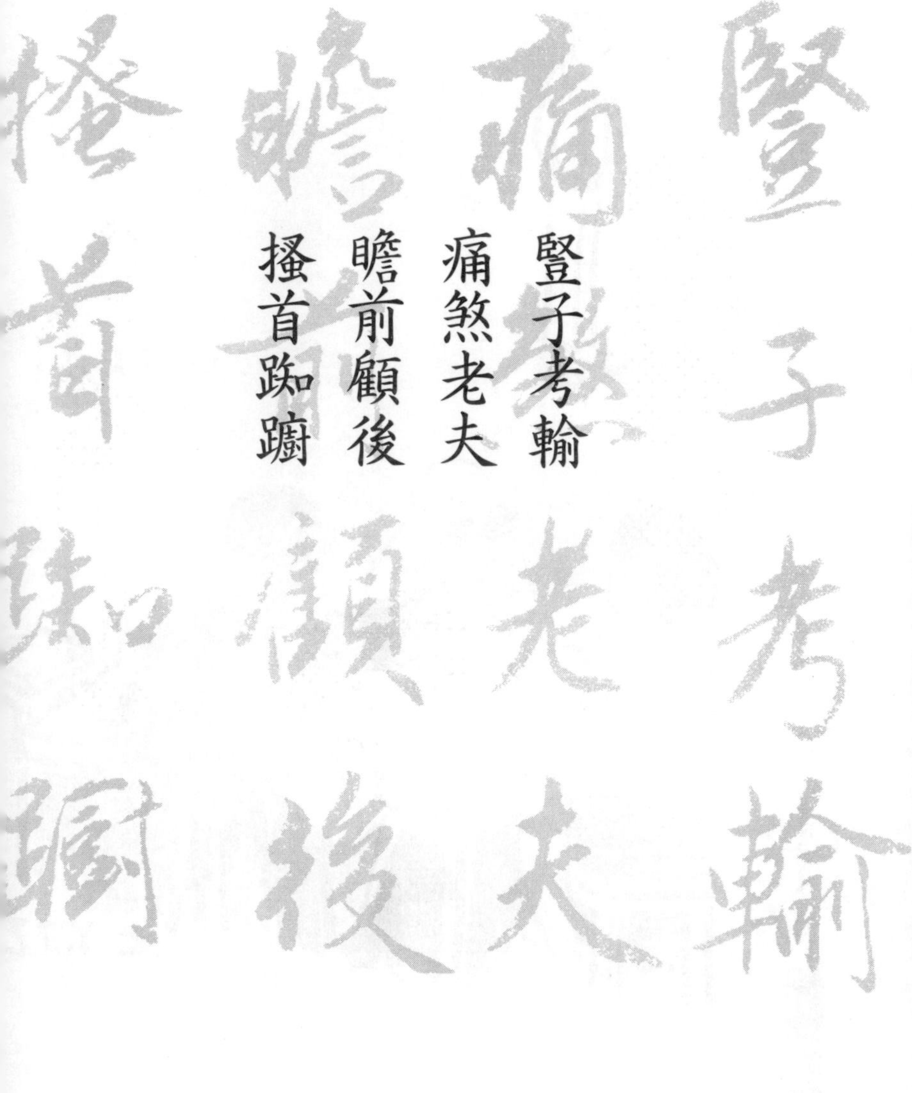

豎子考輸
痛煞老夫
瞻前顧後
搔首踟躕

C.Y.77

苦雨淒風夜歸人
朦朧巷邊燈火昏
攤前坐定寒意退
小菜四碟酒一樽

C.Y. 78

釜中煎熬心如焚
斑斑油漬滿衣身
辛勤老漢夜半起
破曉食客早盈門

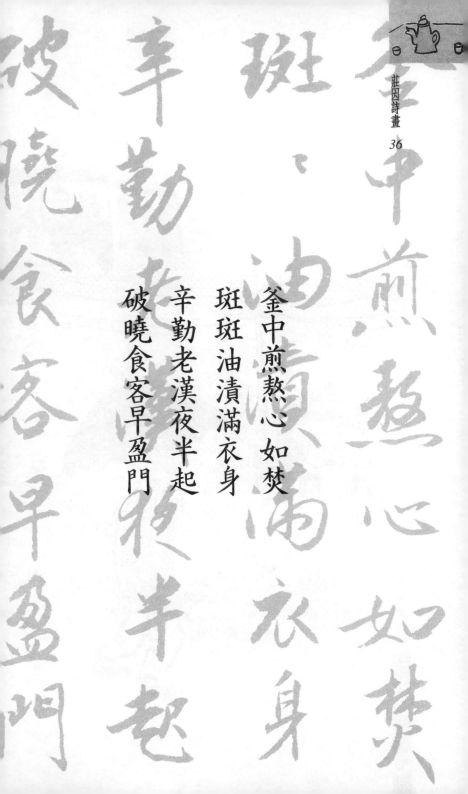

盛記豆漿店
C.Y.78

老漢家住水溪頭
花甲無病亦無憂
兒女爭送盤川來
且去大埠度一秋

腹饑何用啖大餐
路邊小攤足解饞
物美價廉無拘束
濁酒一杯得盡歡

78

懨懨暖陽惱煞人
細細軟語伴歌音
皆因客少始慵懶
閒來且自理雲鬢

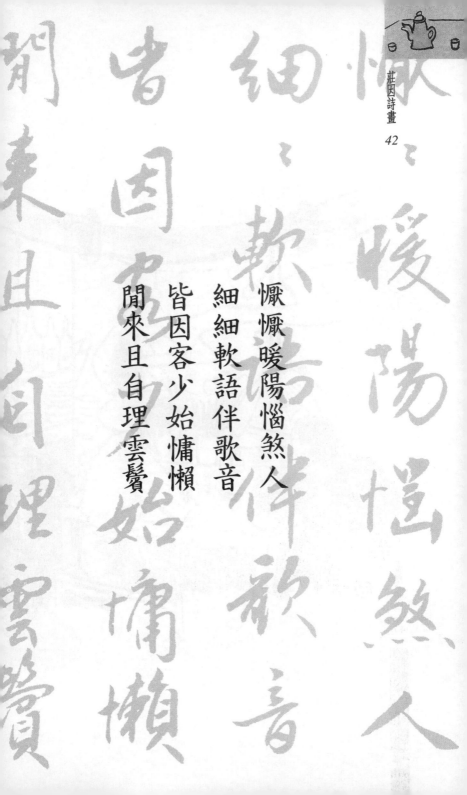

阿公國語最精純
阿爸說話夾洋文
小子生為異鄉客
漢家語言未入門

爺爺髮短似茨蒺
爸爸髮長掩耳際
小子青絲披肩垂
二十世紀一伏羲

1978

阿母自幼未離家
村前種地養雞鴨
兒孫今朝多成就
扶老台北看繁華

庭前閒坐話桑麻
消暑解熱有好茶
犬吠村口聲聲促
阿郎退伍返回家

向晚歸家本未遲
兒女候門佇望癡
男士也應理家務
枵腹洗米舉炊時

C.Y.
1978

莫笑君子遠庖廚
投筆拋書習當鑪
人生豈只讀研好
大千萬般待學徒

學士飯店

荷鋤歸去日西斜
隴上暮色送昏鴉
雨順風調農事好
今夕有酒有魚蝦

C.Y. 78

起坐中宵人不寐
徘徊斗室影自孤
蟑螂覬覦桌沿上
間壁雀戰正酣呼

C.Y.
1978

四下沉寂市聲消
千尺樓頭月輪高
不聞鄰家吹玉笛
但見衣衫迎風飄

我欲登樓作詩賦
臨風對月歌主婦
生兒育女勞形骸
終年忙累朝至暮
上班買菜兼應酬
裏外大小一肩負
三餐不缺有定時
一家無慮餓空腹

病痛委曲暗忍吞
茹苦任怨不吐訴
老少事事皆在先
磊落胸懷最大度
枕邊細語解夫憂
慈暉兒孫霑雨露
誰言男人好當家
我道主婦擎天柱

※高雄醫學院骨科陳大夫說，主婦長期操勞家務，手附外側骨節突出處易發生疼痛，名為「家庭主婦附症」。中國婦女茹苦含辛，忍勞任怨，雙手萬能，至大至剛。特製短歌向主婦致敬。

1985 C.Y.

公民教學破傳統
杏壇一夕起波瀾
標準答案忽不見
取捨之間生兩難
意懨懨　心憂煩
苦在慣習承師傳
思考分析都久廢
判斷但憑前人言

行為道德何所據
萬古長青有聖賢
循教條　數千年
落窠臼　老生談
社會變遷迅如電
因應勢須改轍弦
冲天飛出樊籠裏
鳴囀翱翔返自然

※最新國中公民課本因配合目前新社會觀念及社會型態需要而制定，致有部分任課老師竟有對道德行為不知如何解釋之現象，而怪新課本使學生不知所從。抱殘守缺，令人慼慨。

C.Y.19

彰化羅家出孝子
白話訃文破舊格
意真詞更切
新體立楷則
僵句陳言親情冷
髣髴霧迷關山隔

淺出深入道哀思
裊裊心香散清荷
脫窠臼　勇改革
開風氣　驚冬蟄
五四浪翻六十年
今人不唱舊時歌

※彰化縣員林羅姓義警過世，孝子以傳統訃文詞夸難解，毅然用白話寫之，真情流露，親切感人。

慈暉蕩蕩日月光
春雨夏荷秋桂香
哺育劬勞無尤怨
龍翔鳳飛髮添霜
小車載四口
此事太荒唐
危機險環生
豈可逞豪强
街巷往來車如水
波濤滾滾奔大江

吼嘯若獅虎
兇惡似豺狼
觀四面　聽八方
膽大心細手腳快
意外橫生難提防
急剎車　心慌張
幼兒拋出在道旁
未聞呼娘魂已杳
飛輪無情不悼亡

※中市文化中心庭前有石雕，以一母親駕機車載三子女為題，展示母愛之偉大。用意固善，考慮欠妥。施受無安，則受亦反為害矣。

四歲學語ＡＢＣ　不叫「媽媽」喚「媽咪」
但為赴美造天梯　討厭米飯牛肉麪
可憐身是龍傳人　愛喫漢堡啃炸鷄
不識神農笑伏羲　外傷容易治
英雄林肯華盛頓　心病最難醫
那知漢武與康熙　小妹你叫啥名字
難說「再見」說「拜拜」　My name is 王 Lucy

不須拜拜慶年豐
終日飲宴到初更
交錯觥籌大廳內
小吃街邊共市聲
快朵頤　如晝燈
一日三遍饕餮經
不喜齋素愛葷腥
還道狗運轉
田鼠又遭烹

家畜難逃命
野獸號悲風
殺戒大開翻新樣
氣死空門老尼僧
能吃即是福
留得青山青
杯盤狼藉稱足意
休管天下動刀兵

冬日進補
精神抖擻
為民除害
一舉兩得
C.Y.1985

烏來山中有石虎
體型似貓不捕鼠
野林逍遙自往來
不喜群居愛獨處
舉世稀見瀕絕種
亟待國人善保護
野夫見獵起貪心
百般設計濫捉捕
快步肩負菜市中
售價一萬八千五

老饕聞訊奔走告
大喜若狂眉飛舞
未曾下箸涎三尺
只因山珍最滋補
石虎石虎命何苦
可憐喪生在刀俎
山林含恨起悲風
冤魂歸棲烟寒樹
來生切莫獨行遊
結伴雲深不知處

※臺灣稀有動物「石虎」瀕臨絕種。有獵人自烏來山中捕獲一隻，求售於菜市，價一萬八千五。此獸國際間已列為亟待保護者，今勢將成饕餮朵頤對象，讀報後感觸萬千，作石虎歌誌其事。

C.Y.

路旁老嫗淚漣漣
哭倒塚墳前
阿婆何事泣泫然
但請把話言
老身黃氏年八十
家居瑞穗在花蓮
長子服務鐵路局
年邁相依逾十年

此子乖孝悌
出口多惡言
三餐老身親料理
終日吞聲自哀憐
去年我兒退休後
台北購屋享優閑
佯稱迎娘去
馳車一往還

半途棄母墳地前
北風號嘯刺骨寒
老來無依傍
驚濤灘上船
有子不報恩
腸斷摧心肝

※花蓮瑞穗鄉八十一高齡老婦，兒子騙說接去臺北新居享老福。以計程車載至半途祖墳前時，將其拋下，曰：「此處即是你的新居。」老婦大慟，悲憤報警。

黃氏××之墓

花車送葬應已除

錄影代哭向來無

今為古用陳義好

新醅裝在舊酒壺

※送葬方式之演變日新，先自孝子、孝女懷憂慟哭哀號到請人代哭，又進
而以播放代哭人之錄音，今臺南永康有人家出殯，竟「進步」到播放代
哭人之錄影帶矣。

1985

畫漿吹糖四十春
年過半百近六旬
不在鬧市爭囂寵
廟前巷口度良辰
舞龍鳳　走麒麟
戲游魚　飛鳴禽
妙手一雙巧如神
雕蟲小技樂安貧

甜在稚子口
喜在阿婆心
可憐此技少知音
夕陽無限好
紅日已西沉
薪火傳人難覓尋
秋風起　散浮雲
三十年後生前事
坊里白髮不復聞

近視遍寶島
寰宇我稱王
提起傷心事
熱淚沾衣裳
思之肝腸斷
大人聽端詳
六歲入國小
但為升學忙
國中三年苦
臥薪把膽嘗

早讀雞鳴起
午夜始登床
三年猶未盡
視力已茫茫
十八畢業了
黑髮添白霜
青春鏡中逝
哀哀少年郎
近視求進士
此意費思量

※臺灣近視總數逾六百萬，學生尤多。高一學生近視比率高達百分之八〇・四七，為世界之冠，皆因升學壓力所致也。

自習時間表
C.Y. 1984

作秀生涯亦辛酸
樹大招風禍事添
臺前歌舞迎座客
曲終淚下濕衣衫

C.Y.84

年近花甲不羨仙
娶得嬌妻方十三
有道姻緣前生定
何勞紅娘月下牽

※中南部某少女妙齡十三，其父將之許配五十八歲未婚老友為妻。男歡女愛兩情相悅。

囍
C.Y. 1984

垃圾山堆接雲高
十年河畔領風騷
擎天柱倒流水斷
隔岸人家刼難逃

1984

HELLO我是MARY白
請儂今晚來打牌
小趙HENRY加上我
衛生麻將湊一台
苦雨連宵人發呆
一朝辰光難拖捱
二時三時隨儂意
喫罷LUNCH儘早來

蕩惡掃黑大家來
乾坤朗朗日色開
協力同心除公害
魑魅魍魎懾風雷

84

一篙撐向柳岸邊
冷雨刁風煙水寒
清溪幽咽嘆汙染
捕魚人兒自哀憐

台大人　大矣哉
杜鵑滿園向陽開
菁英才俊冠蓬萊
堂堂正正有骨氣
不曲不阿不斜歪
台大人　大矣哉
學養器識磊胸懷
他日社會棟樑材
高瞻遠矚開風氣
不癡不傻不書獃
製系服　競裙釵
閒雜事　都瞎掰
奇裝異服是優俳
好花好草善培栽

※台大學生設計系服裝展示，以為建立台大人形象。

1984

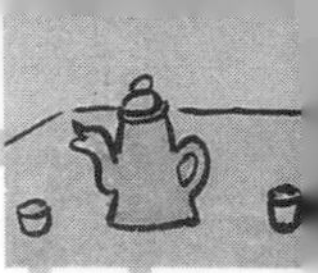

頂峯遠眺連山橫
盪胸雲海浪千層
仰天長嘯大風起
豈因殘障減豪情

※殘障青年登上玉山主峯閱後偶感

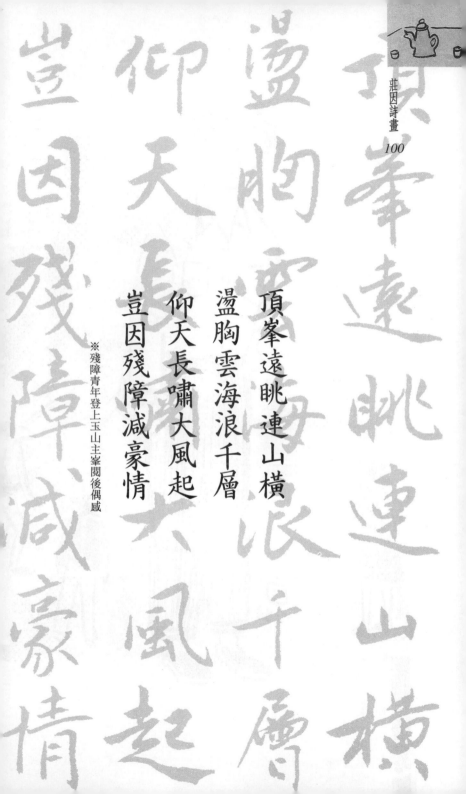

升學壓力何時了
背負千鈞如山倒
清晨去校夜半歸
童顏一夕轉衰老
家長急、學校吵
老師逼、心如絞
滿懷憂憤誰知曉
但願來生變白癡
傻傻呵呵無煩惱

補充一百題
題解
C.Y.

第二輯

域外采風

世代躬耕蘭陽谷
有子成龍狀元出
古稀頤養天之涯
閑來後園看瓜熟

——海外依親之一

YIN, 82

一口家鄉話
滿腔故國情
舉杯邀明月
海內罷紛爭

——海外依親之二

阿爺捨命苦相追
顢頇小子仍叫催
轉戰南北江湖老
猶憶沙場點兵威

——海外依親之三

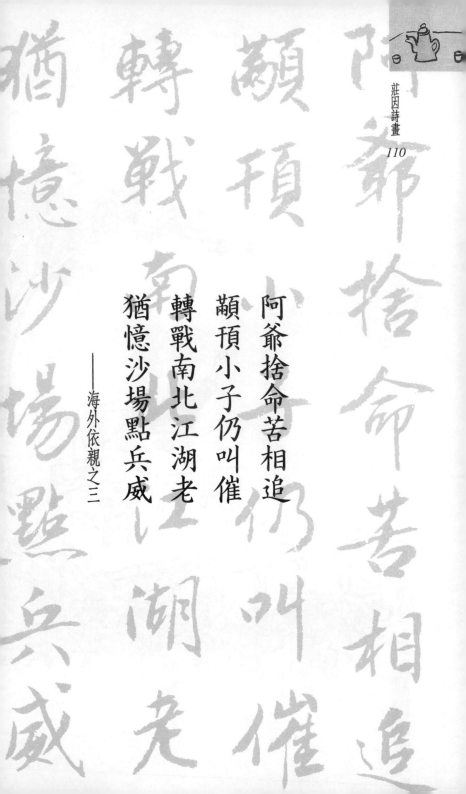

YIN. 1982

萬里投親不是福
夷食三餐難隨俗
老來莫道饕餮事
淡飯粗茶聊果腹

——海外依親之四

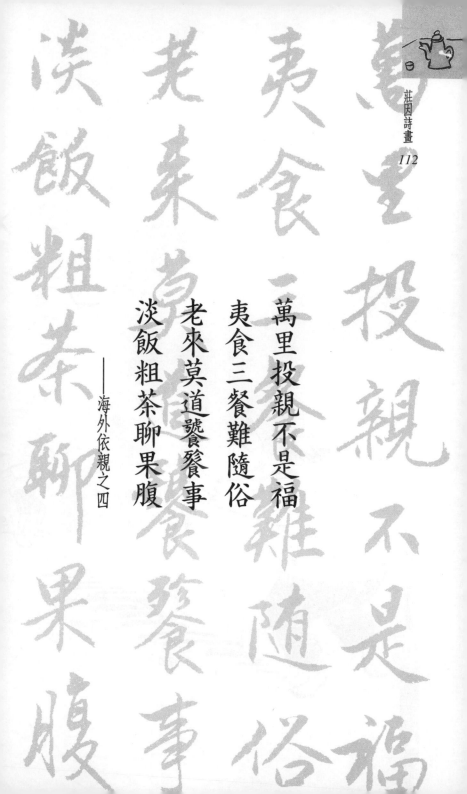

味全

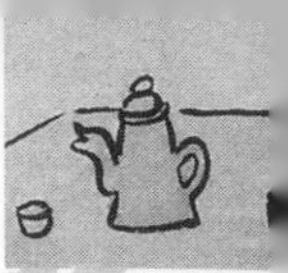

遊子長年去不歸
高堂白髮走相依
道是夕陽無限好
春暉一片上翠微

——海外依親之五

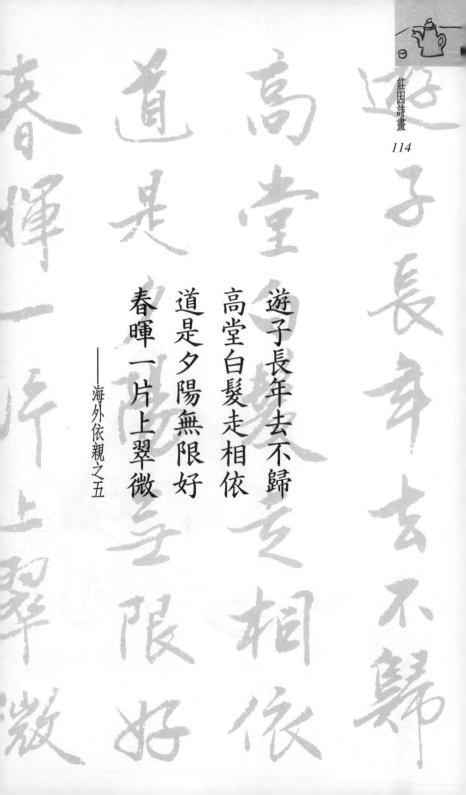

CHINA AIRLINE
TWA
C.Y. 82

一世飄蓬西復東
半生憂患歲寒松
買得青山他鄉老
莫盼白髮九州同

——海外依親之六

1982

兒孫一早出門去
留下二老守空房
灑掃庭除辰光好
灶間新炊十里香

——海外依親之七

兒女散居遍四方
輪轉投奔走倉皇
老來有靠亦辛苦
何如守拙在家鄉

——海外依親之八

一九八二

少年十五早請纓
氣吞山河若大鯨
七十告老寄江海
小子跟前做童生

——海外依親之九

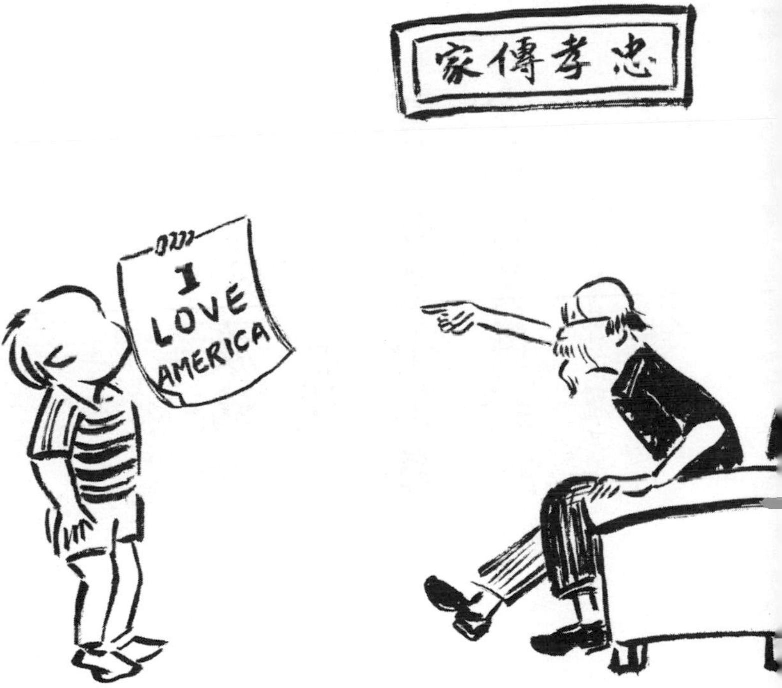

忠孝傳家
I LOVE AMERICA

昨夜夢中淚沾襟
往事堪嗟若秋塵
當年紅星小闖將
今朝含笑做新人

——海外依親之十

一九八三

赤腳醫生不穿鞋
短髮素面最無邪
一襲灰衣三十載
中年學步過長街

——海外依親之十一

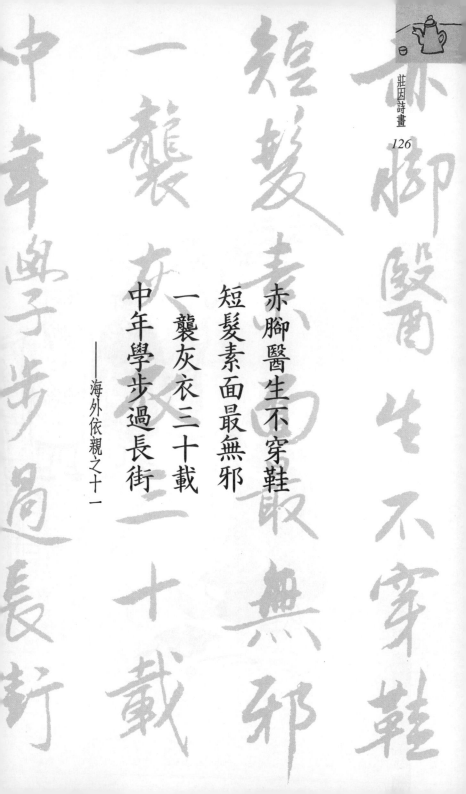

初次乘火車
南京到北平
負笈書劍志
爹娘苦叮嚀
荏苒甲子去
世亂若飄萍
日暮鄉關遠
迢迢一笛聲

——海外依親之十二

一九八三除夕

聚散匆匆不偶然
且喜骨肉慶重圓
梁園雖好人老矣
歸去江南柳岸邊

——海外依親之十三

C.Y.
1984

流水四十年
老身終致仕
兒女在遠方
依親萬里至

含飴雖快欣
亦有辛苦事
此調久未彈
鼓勇再嚐試

——海外依親之十四

C.Y.19

海外飄零寄客身
橘踰淮久不生津
可憐枳實多酸澀
傷心最是亂離人

——代溝之一

I speak English
我說 Chinglish
CHINATOWN

阿爺下箸走龍蛇
阿爹偶然使刀叉
中土文化傳三代
除却桎梏用手抓

——代溝之二

C.Y. 82

老漢今年八十三
一生未離金山灣
故國山川夢裏看
迢遞秋聲到耳邊

——華埠所見之一

1983

國籍縱有異
鄉音寧不同
天涯咫尺近
山隔千萬重

——華埠所見之二

國聲電視公司
因1983

枵腹眈眈望眼穿
未曾下箸已流涎
多少先僑路邊骨
化作美食盤中餐

——華埠所見之三

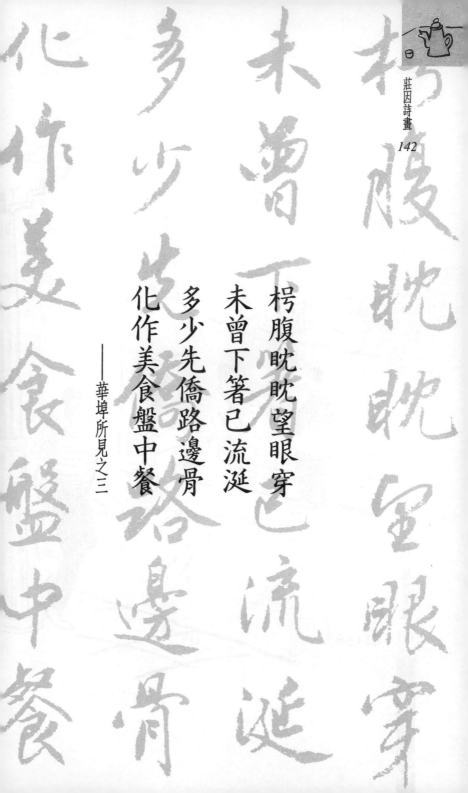

合記燒臘
因 一九八三

昨夜飛霜未成眠
老懷蕭瑟曉星寒
晨起釣得魚數尾
街邊換取沽酒錢

——華埠所見之四

C.Y.83

北風呼嘯鬼哭號
寒夜沉沉大雪飄
燈前讀史驚歲月
夢裏和淚看征袍

1983
史記
C·Y·82

番邦不師孔孟荀
扭轉乾坤弗求神
焚書何須借秦火
儒生通變是高人

電腦博士
因一九八二

六十年代窮學生
負笈去美是精英
寒暑打工汗如雨
夜夜苦讀到三更
學成淹留國籍改
二十年後一富翁
不談台海分合事
只顧財多與日增

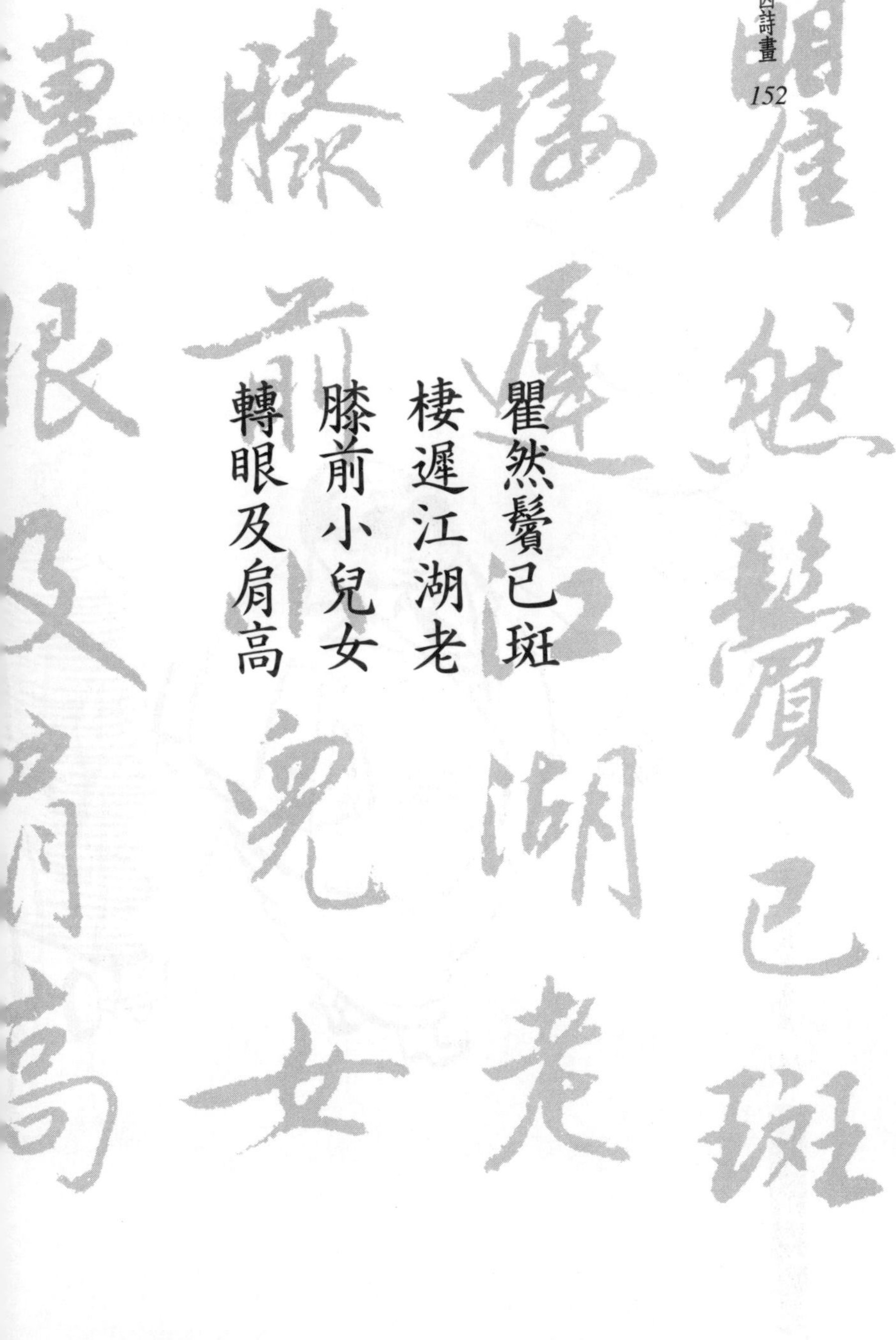

瞿然鬢已斑
棲遲江湖老
膝前小兒女
轉眼及肩高

C.Y.
1984

金陵一別三十春
鍾山風雨大江奔
白頭重逢他鄉老
把酒不談刼後身

大江东去浪淘尽
千古风流人物故

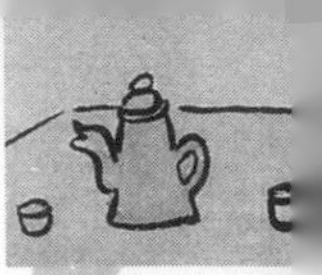

媽媽愛喫清蒸魚
爸爸偏好炸醬麵
小子挺身作調人
PIZZA大餅免交戰

PIZZA HUT
C.Y.1984

甲子迎新歲
寶寶初長牙
張臂淺淺笑
不知在天涯

十年異鄉客
爸爸四十八
九州應一統
帶你回老家

C.Y.
1984

還道積習已冰封
未料春風吹又生
海外有城小臺北
萬般國粹俱勃興

小台北
歌王
歌后

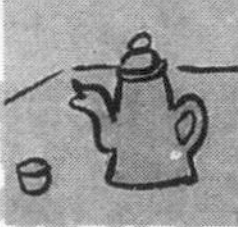

新居築在半山腰
憑窗釣海聽波濤
不學巖光漁樵隱
只因望鄉宜登高

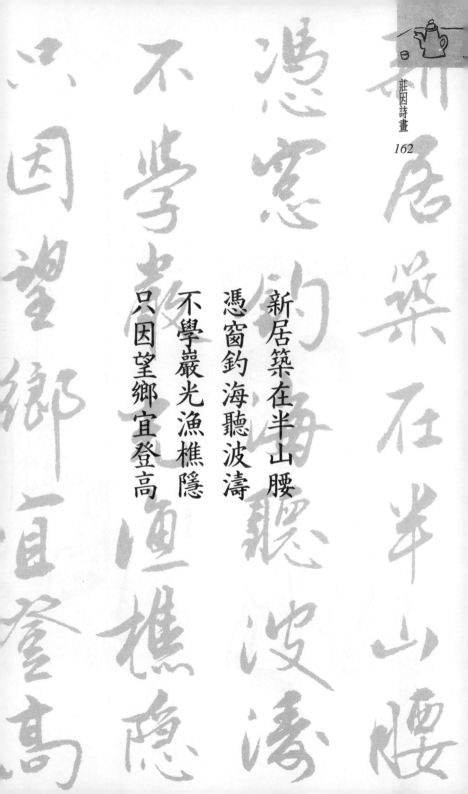

不求名亦不圖利
周末辛苦為誰忙
中華文化三千歲
海內海外共久長

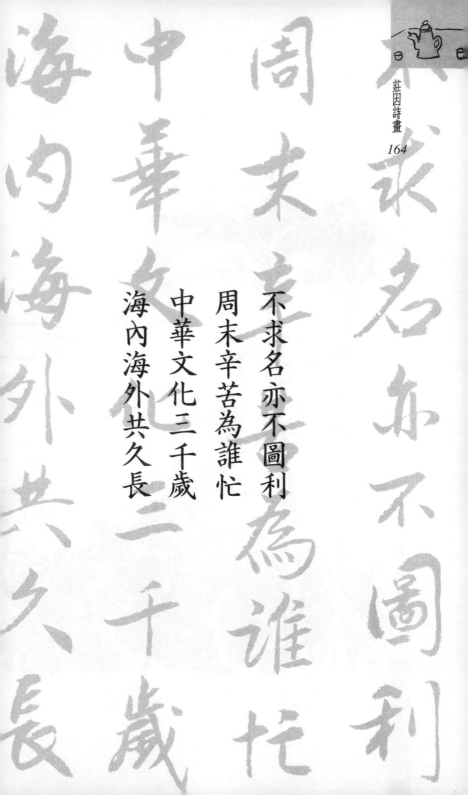

中文學校

三民叢刊書目

①邁向已開發國家　孫　震著
②經濟發展啟示錄　于宗先著
③中國文學講話　王更生著
④紅樓夢新解　潘重規著
⑤紅樓夢新辨　潘重規著
⑥自由與權威　周陽山著
⑦勇往直前
　・傳播經營札記　石永貴著
⑧細微的一炷香　劉紹銘著
⑨文與情　琦　君著
⑩在我們的時代　周志文著
⑪中央社的故事（上）
　・民國二十一年至六十一年　周培敬著
⑫中央社的故事（下）
　・民國二十一年至六十一年　周培敬著
⑬梭羅與中國　陳長房著
⑭時代邊緣之聲　龔鵬程著
⑮紅學六十年　潘重規著
⑯解咒與立法　勞思光著
⑰對不起，借過一下　水　晶著
⑱解體分裂的年代　楊　渡著
⑲德國在那裏？（政治、經濟）
　・聯邦德國四十年　郭恒鈺、許琳菲等著
⑳德國在那裏？（文化、統一）
　・聯邦德國四十年　郭恒鈺、許琳菲等著
㉑浮生九四
　・雪林回憶錄　蘇雪林著
㉒海天集　莊信正著
㉓日本式心靈
　・文化與社會散論　李永熾著
㉔臺灣文學風貌　李瑞騰著
㉕干儛集　黃翰荻著

㉖作家與作品　謝冰瑩著
㉗冰瑩書信　謝冰瑩著
㉘冰瑩遊記　謝冰瑩著
㉙冰瑩憶往　謝冰瑩著
㉚冰瑩懷舊　謝冰瑩著
㉛與世界文壇對話　鄭樹森著
㉜捉狂下的興嘆　南方朔著
㉝猶記風吹水上鱗　余英時著
・錢穆與現代中國學術
㉞形象與言語　李明明著
・西方現代藝術評論文集
㉟紅學論集　潘重規著
㊱憂鬱與狂熱　孫瑋芒著
㊲黃昏過客　沙　究著
㊳帶詩蹺課去　徐望雲著
㊴走出銅像國　龔鵬程著
㊵伴我半世紀的那把琴　鄧昌國著
㊶深層思考與思考深層　劉必榮著
・轉型期國際政治的觀察
㊷瞬　間　周志文著
㊸兩岸迷宮遊戲　楊　渡著
㊹德國問題與歐洲秩序　彭滂沱著
㊺文學關懷　李瑞騰著
㊻未能忘情　劉紹銘著
㊼發展路上艱難多　孫　震著
㊽胡適叢論　周質平著
㊾水與水神　王孝廉著
・中國的民俗與人文
㊿由英雄的人到人的泯滅　金恆杰著
・法國當代文學論集
51重商主義的窘境　賴建誠著
52中國文化與現代變遷　余英時著
53橡溪雜拾　思　果著
54統一後的德國　郭恆鈺主編
55愛廬談文學　黃永武著
56南十字星座　呂大明著
57重疊的足跡　韓　秀著
58書鄉長短調　黃碧端著
59愛情・仇恨・政治　朱立民著
・漢姆雷特專論及其他

⑥⓪蝴蝶球傳奇　顏匯增著
・真實與虛構
⑥①文化啓示錄　南方朔著
⑥②日本這個國家　章　陸著
⑥③在沉寂與鼎沸之間　黃碧端著
⑥④民主與兩岸動向　余英時著
⑥⑤靈魂的按摩　劉紹銘著
⑥⑥迎向眾聲　向　陽著
・八〇年代臺灣文化情境觀察
⑥⑦蛻變中的臺灣經濟　于宗先著
⑥⑧從現代到當代　鄭樹森著
⑥⑨嚴肅的遊戲　楊錦郁著
・當代文藝訪談錄
⑦⓪甜鹹酸梅　向　明著
⑦①楓　香　黃國彬著
⑦②日本深層　齊　濤著
⑦③美麗的負荷　封德屏著
⑦④現代文明的隱者　周陽山著
⑦⑤煙火與噴泉　白　靈著

⑦⑥七十浮跡　項退結著
・生活體驗與思考
⑦⑦永恆的彩虹　小　民著
⑦⑧情繫一環　梁錫華著
⑦⑨遠山一抹　思　果著
⑧⓪尋找希望的星空　呂大明著
⑧①領養一株雲杉　黃文範著
⑧②浮世情懷　劉安諾著
⑧③天涯長青　趙淑俠著
⑧④文學札記　黃國彬著
⑧⑤訪草（第一卷）　陳冠學著
⑧⑥藍色的斷想　陳冠學著
・孤獨者隨想錄
A・B・C全卷
⑧⑦追不回的永恆　彭　歌著
⑧⑧紫水晶戒指　小　民著
⑧⑨心路的嬉逐　劉延湘著
⑨⓪情書外一章　韓　秀著
⑨①情到深處　簡　宛著
⑨②父女對話　陳冠學著

168 說吧，房間　林　白著
169 自由鳥　鄭　義著
170 魚川讀詩　梅　新著
171 好詩共欣賞　葉嘉瑩著
172 永不磨滅的愛　楊秋生著
173 晴空星月　馬　遜著
174 風　景　韓　秀著
175 談歷史　話教學　張　元著
176 兩極紀實　位夢華著
177 遙遠的歌　夏小舟著
178 時間的通道　簡　宛著
179 燃燒的眼睛　簡　宛著
180 月兒彎彎照美洲　李靜平著
181 愛廬談諺詩　黃永武著
182 劉真傳　黃守誠著
183 天涯縱橫　位夢華著
184 新詩論　許世旭著
185 天　讙　張　放著
186 綠野仙蹤與中國　賴建誠著

187 標題飆題　馬西屏著
188 詩與情　黃永武著
189 鹿　夢　康正果著
190 蝴蝶涅槃　海　男著
191 半洋隨筆　林培瑞著
192 沈從文的文學世界　王繼志　陳　龍著
193 送一朵花給您　簡　宛著
194 波西米亞樓　嚴歌苓著
195 化妝時代　陳家橋著
196 寶島曼波　李靜平著
197 只要我和你　夏小舟著
198 銀色的玻璃人　海　男著
199 小歷史　林富士著
200 再回首　鄭寶娟著
201 舊時月色　張堂錡著
202 進化神話第一部
・駁達爾文《物種起源》　陳冠學著

203
大話小說
莊因 著

作者以其亦莊亦諧的筆調，探觸華人世界的生活百態，這其中有憶往記遊、有典故，當然還有他所嗜好的飲食文化，綜觀全書，不時見他出入人群，議論時事，批評時弊，本著知識份子的良知良行，期待著中國人有「說大話而不臉紅的一天」。

204
人禍
彭道誠 著

太平天國起義是近代不容忽視的歷史事件，他們主張男女平等，要解百姓倒懸之苦。而戰無不勝勢如破竹的天朝，卻在攻下半壁江山後短短幾年由盛而衰，終為曾國藩所敗，何以有此劇變？讀者可從據史實改編的本書中發現端倪。

205
殘片
董懿娜 著

讀董懿娜的小說就像凝視一朵朵淒美的燭光。她筆下的女主人翁大都是敏感又聰明的人物，明明知道等待著她的是絕望，她還要希望。而她們的命運遭遇，會讓人覺得曾經在塵世間匆匆一瞥。本書就在作者獨特細緻的筆觸下，編排著夢一般的真實。

206
陽雀王國
白樺 著

中國施行共產主義，在政治、文化、生活作了種種革新，人民在一波波浪潮衝擊下，徘徊新舊之間。本書文字自然流暢，以一篇篇小說寫出時代轉變下豐富的眾生相，可喜、可憎、可愛的人生際遇，反應當時社會背景，讀之，令人動容。

211
誰家有女初養成
嚴歌苓 著

「巧巧覺得出了黃桷坪的自己，很快會變一個人的。對於一個新的巧巧，窩在山溝裡的黃桷坪和窩在黃桷坪的一切人和事，都不在話下。」踏出黃桷坪的巧巧會有怎樣的改變呢？如願的坐上流水線抑或是……

212
紙銬
蕭馬 著

紙銬，這樣再簡單不過的刑具，卻可以鎖住人的雙手，甚至鎖住人心，牢牢的，讓人難以掙脫更不敢掙脫。隨便揀一張紙，挖兩個窟窿，然後自己把手伸進去，老老實實地伸直了手，哪敢輕易動彈，碰上風吹雨淋，弄斷了紙銬，一個個都急成了哭相……

213
八千里路雲和月
莊因 著

本書可分為兩大部分，雖然皆屬於記遊文字、同在大陸地區，時間，卻整整相隔了十八年。作者以其獨特的觀點、洗鍊的文筆，道出兩段旅程中的種種。從這些文章，我們可以看見一些故事，也可以看出一位經歷不凡的作家，擁有的不凡熱情。

214
拒絕與再造
沈奇 著

新詩已死？現代人已不讀詩？對於這些現象，作者本著長年關注現代詩的研究，對現代詩有其深刻的體認，無論是理論的闡述或是兩岸詩壇的現況，甚至是詩作的分析，都有其獨特的見解。在他的帶領下，你將對現代詩的風貌，有全新的認識與感受。

215
冰河的超越
葉維廉 著

詩人在新生的冰河灣初次與壯麗的冰河群相遇，面對這無言獨化、宇宙偉大的運作，面對「雪疊著雪雪疊著雪疊著永不溶解的雪／緩緩地積壓著／冰晶冰層冰箔相連覆蓋九萬餘里」的景象，喜悅、震撼、思涉千載而激盪出澎湃磅礡的——冰河的超越。

216
庚辰雕龍
簡宗梧 著

基於寫作興趣就讀中文系，卻因教學職責的召喚，不得不放緩文學創作的腳步。本書作為政大簡宗梧教授創作成果的集結，不僅可讓讀者粗識簡教授於教學及研究著績外的創作成果，也將是記誌簡教授今後創作「臺灣賦」系列作品的一個始點。

217
莊因詩畫
莊因 著

因心儀進而仿效豐子愷漫畫令人會心的幽默與趣味，作者基於同樣對世間生命萬物寬厚博大的關注與愛心，以他罕為人知的「第三枝筆」，畫出現今生活於你我四周真實人物的喜怒哀樂，並附以詩文，為傳統的中國詩畫注入了全新的生命。

218
換了頭抑或換了身體
張德寧 著

換了頭抑或換了身體？當器官移植技術發達到可以更換整個身軀時，我們要擔心的是生理上的排斥或心理上的抗拒？該為人類創造的奇蹟喝采還是為扭曲了人的靈魂而付出代價？藉作者精心的布局與對人深刻的觀察，我們將探觸心裡未曾到達的角落。

219

黥首之後

朱暉　著

政治上成分的因素，他曾前後被抄二次家，父母也先後被送入囹圄和下放勞改。他嚐盡世間的殘酷悲涼，看透人性的醜陋自私，但外在的折磨越狠越兇，內裡的親情就越密越濃。人性中最陰暗齷齪的一面與最光明燦爛的一面，都在這裡。

220

生命風景

張堂錡　著

每個人的故事，如同璀璨的風景，綻放動人的面貌。透過作者富含情感的筆觸，引領出成功背後的奮鬥歷程。文中所提事物，與我們成長經驗如此貼近，讓人油然而生「心有戚戚焉」之感。他們見證歷史，也予我們許多值得省思與仿效的地方。

221

在綠茵與鳥鳴之間

鄭寶娟　著

不論是走訪歐洲歷史遺跡有感，或抒發旅法思鄉情懷，抑或中西文化激盪的心得，作者以其一貫獨特的思考與審美觀，發為數十篇散文，澄清的文字、犀利的文筆中，流露著一種靈秘的詩情與浪漫的氣氛，讓讀者在綠茵與鳥鳴之間享受有深度的文化饗宴。

222

葉上花

董懿娜　著

讀董懿娜的文章，如同接受心靈的浸潤。生活的點滴，藉她纖細敏感的筆尖，便能在心中蕩起圈圈漣漪；娓娓的傾訴，叫人不禁沉入她的世界。在探求至情至性的同時，重新面對自己，循著她的思緒前進，彷彿也走出了現實的惱人，燃起對生命的熱情。

223
與自己共舞
簡宛 著

「與自己共舞，多麼美好歡暢的感覺！」長年旅居海外的簡宛，以平實真誠的筆調，與讀者分享「接納自己、肯定自我」的喜悅。書中收錄作者多年來與自己共舞的所思所感，包含對婚姻、家庭、自我成長的探討，值得讀者細細品味這分坦率至情的人生智慧。

224
夕陽中的笛音
程明琤 著

我們從本書中可領略程明琤對於生命的思索與感受，對於文化的關懷珍視，她更以廣闊的角度引領讀者去探索藝術家的風範和多彩的人文景致。讀她的文章不只是欣賞她行文遣字的氣蘊靈秀，真正觸動人心的是她對眾生萬相所付注的人文情懷。

225
零度疼痛
邱華棟 著

「我發現我已被物所包圍，周圍一個物的世界，它以嚇人的速度在變化更新，似乎我的生活已經事先被規定、被引導、被制約、被追趕。」作者以魔幻的筆法剖析現代人被生活擠壓變形的心靈。事實上，我們都是不同程度的電話人、時裝人、鐘錶人……。

國家圖書館出版品預行編目資料

莊因詩畫 / 莊因著, -- 初版一刷. -- 臺北市：三民, 民90
面； 公分. —(三民叢刊；217)

ISBN 957-14-3335-7（平裝）

851.486 89016901

網際網路位址 http://www.sanmin.com.tw

著作人 莊 因
發行人 劉振強
著作財產權人 三民書局股份有限公司
臺北市復興北路三八六號
發行所 三民書局股份有限公司
地址／臺北市復興北路三八六號
電話／二五〇〇六六〇〇
郵撥／〇〇〇九九九八——五號
印刷所 三民書局股份有限公司
門市部 復北店／臺北市復興北路三八六號
重南店／臺北市重慶南路一段六十一號
初版一刷 中華民國九十年一月
編 號 S 85562
基本定價 參元貳角
行政院新聞局登記證局版臺業字第〇二〇〇號

ISBN 957-14-3335-7 （平裝）